그 골목의 비밀

그 골목의 비밀

박명근 시집

산맥 시선 009

곁에서 나의 누추한 삶을 지켜봐 주신 분들

잔잔한 미소로 마음 가득 단풍들게 해 주었던

꽃보다 아름다운 분들에게

부끄러운 시집

「그 골목의 비밀」을 받칩니다.

2016년 9월

박명근

■ 차 례

시인의 말

1부

2부

1부

봄날의 약속

약속 했다

우리 사랑 영원 하자고

꼭 돌아오겠다고

그렇게 약속 했다

창밖에는 바람이 불고

하릴없이 꽃잎만 휘날렸다

거리를 오고가는 사람들은

봄 햇살을 어깨에 지고 다녔다

해마다 봄은 오고 가는데

한 올 한 올 풀어지는 스웨터처럼

약속은 지켜지지 않았다

언제 오실까

봄이 오는 언덕에 서서

기다린다

소망하는 봄

나뭇가지에 매달린 겨울이
떨어지는 봄이 오면
두툼한 겨울 외투가 기억하고 있을
추운 겨울의 추억을 벗고
민들레 홀씨 보다
가볍게 슬퍼지고 싶다
사소 하지만 사소하지 않은
슬픔으로 봄 햇살처럼 따뜻해진
내가 봄이 되어 쓸쓸한 너에게
연초록 새싹 같은 손을 내밀고 싶다
아무리 간절하게 소망에도
오지 않는 어제처럼
가버린 날들이 모인
세월의 언덕에서
나는 오늘도 한 그루
사철나무를 심는다

책 읽어주는 여자

책을 펼치자 글자들이 우루루 쏟아졌다
바닥을 뒹구는 글자들은
꽃잎처럼 낙엽처럼 흩어졌다
쓰러진 이가 붙잡는 버팀목이 되고 싶었다는
그녀 남편은 해외 출장이 잦은 떠돌이 별이다
별을 붙잡으려다 쫓으려다가
끝내 고개 숙이는 해바라기꽃이 되었다
책을 읽는다
글자와 글자 사이에서
푸른 하늘이 흐르고
그 아래로 강물이 흐른다

그리움

악착같이 들러붙는 그리움 떼어 버리지 못해
혼자서 삭여가는 불면의 밤
책상위에는 지난날 그대를 위해서
망설이다 하지 못한 그 한마디가
가로등 불빛 되어 비춘다
어둠만이 서성이는 거리를 걷다가
네온사인처럼 반짝이다가
하염없이 깊은 잠은
나뭇가지에 걸려서 영롱해 진다
스멀스멀 새벽이 어둠의 커튼을
젖히면서 들어온다
어젯밤 서러웠던 내 불면의 그리움은
오늘 하루 작은 행복의 씨앗이었다

나를 충전한다

충전 하면 하수도로 흘려보낸 내 청춘과
꿈의 조각을 주워서 올 수 있을까
멀리 떠나 기진한 내 사랑이 다시 찾아올까
충전 되지 않은 시간들이 덧없이 흘러간다
배터리 나가서 힘없이 암전된 날들이
추락하는 날개처럼
이제는 희미해 져가는 옛사랑도
가지를 버리는 낙엽처럼 흩어져 간다
충전된 핸드폰 뚜껑을 연다
한 꺼풀 벗겨내면
투명한 너의 목소리
또 한 꺼풀 벗겨 내면
뜨겁게 침묵하는

낙인

엄마가 나를 임신 했을 때였다
아버지 사업이 실패 했다고
내게 재수 없다는 낙인을 찍어 주었다
그런 어느 날 이였다
엄마는 찍은 낙인이 엷다고 희미하다고
진하고 지우개로도 지울 수없는 낙인을 찍어 주었다
그날부터 내 가슴에 낙인을 밤하늘 별처럼 달고 살았다
가슴을 따금 따금 찌르는 못 이거나
반짝거리는 푸른 별
행복에 취해서 무척 서러운 날
밤하늘 별이 사라졌다
자세히 보니 나의 그림자가가 되어 있었다
떼려야 뗄 수 없는

그 골목의 비밀

첫 번째가 아니고 두 번째라는 사실 앞에
절망하던 엄마는 서러움에 밤마다 화살을 만들었다
그리고 화살을 당겨 어린 내 가슴에 쏘았다
골목에는 어린 내가 토해 놓은 한숨이
붉은 꽃잎으로 바람에 흩어졌다
작은오빠는 술병에 송곳을 장미꽃인양 꽂고
피가 나올 때까지 찔러댔다
가난은 벽에 기대어 곰팡이 꽃을 피웠고
눈물이 처마 끝 고드름처럼 달리던 날에도
연인들 달콤한 속삭임처럼
중얼 거리던 희망은 미꾸라지같이 빠져나갔다
나는 악몽 속에서 살았고 악몽을 꾸고 깨어나
허탈한 웃음이 달그락 거리며 빈 그릇에
어둠으로 잠길 때면 멀리서 아침이 밝아왔다

차마 하지 못한 말

바람에 이리저리 흩어진 꽃잎처럼
입가를 맴도는 한마디 말이
그 말 한마디가 끝내 봄비 되어 내린다
봄날은 눈 깜박 하는 사이에 가버리고
차마 하지 못한 말은 빈 찻잔 안에 있다
누구나 하지 못한 말 가슴에
묻어두고 사는 세상에 살면서
가슴엔 한가득 붉은 동백꽃잎 쌓여간다
하지 못한 말 하고 싶은 말이
떠도는 구름이 되거나 입가에서
맴돌다가 가슴과 가슴을 여는 열쇠가 된다
이제는 말하고 싶다
당신은 내게 꼭 필요한 존재 였다고
나도 당신에게 필요한 존재이고 싶다고

나는 한 마리 모기였다

내 전생(前生)은 드라큘라 백작 이었거나

누군가의 피를 빨아야 내가 사는 한 마리 모기였을 것이다

간호원이 혈관이 약하다며 이리저리 찔러보는

통증의 쾌감도 짜릿하게 붉은 사루비아 꽃잎

하루를 태워버린 노을이 되었다가

생명의 심지를 태워가는 촛불이 되었다

누가 생명의 노래를 불러 주었을까

꺼져가는 심지를 후후 하고 불어 주었을까

사루비아 붉은 꽃잎 내 팔목으로 뚝뚝 떨어질 때마다

내 생(生)의 불꽃이 활활 타오른다

언제였던가

모퉁이에서 마주친 청년이거나 긴 머리 아가씨가

내 혈관에서 흐르다가 차를 마시거나 서성이다

끝내 빨 주 노 초 파 남 보로 나를 물들여 갔다

치열한 슬픔

마송 5일 장날 삶의 현장에서
치열하게 슬펐던 적이 있다
노동도 하지 않고
호주머니 속으로 들어온
지폐가 슬펐고
아랫목에 묻어둔 따뜻한 밥 한 그릇 같은
시 한 줄 못 쓰는 내가 슬펐다
주는 이가 아닌 받는 이에 아픔이
마른 잎처럼 말라가는 거리에서
나를 위로 하는 건 찬바람 뿐이었다
치열한 삶이 아닌 치열하게 슬펐던

107동 그녀

우리 아파트 107동 그녀는 걷는다
뜨겁게 달궈진 시멘트 바닥을 신발도 없이 맨발로
한 걸음 뗄 적마다 철썩 이는 파도에 멍든 바위가 보이고
또 한걸음 뗄 때 마다 휘리- 릭 하고 칼바람이 분다
가슴을 후벼 파는 철없는 자식들은 철조망 가시가 되어
그녀를 할퀴고 피 흘리게 할뿐이다
엄마라는 이름 때문에 삼켜야 하는 가시는
목구멍을 쿡쿡 찌르고 피워 올리는 기도는
떠도는 구름처럼 잊혀 지거나 깃발처럼 펄럭인다
그녀의 고집과 변덕이 회오리바람을 일으키며
어. 지. 럽. 게 할 때면 나는 옥수수 대처럼 말라간다

휠체어

그는 혹은 그녀는 희망과 절망을 오락가락 하는 여우비다

구겨진 종이처럼 꼬깃꼬깃 해진 나를

쓰레기통에 던져버리고 싶은 날

휠체어를 타면 약속처럼 하늘은 푸르렀다

내 안으로 들어온 하늘이 어두워진 나를

등불이 되어 밝힐 때면 불꽃이 되고 싶었다

불꽃이 되어 어두운 것들을 태우고 싶었다

휠체어 바퀴에 짓밟힌 꽃에도 향기가 있을까

무슨 꿈을 꾸면서 시들어 가고 있을까

휠체어는 내 그림자이자

이루지 못한 사랑이고 꿈

어릴 적 그토록 타보고 싶던 비행기이다

오늘도 희망을 찾아서 꿈을 찾아서

어딘 가에 꼭꼭 숨은 사랑을 찾아서 휠체어를 탄다

봄앓이

봄을 앓는다
겨울 내내 사랑한 네가 봄 속에서
어두워진 나의 깊은 슬픔이 되듯
꽁꽁 언 겨울 그리움 녹여서 봄을 앓는다
목련나무에 피가 돌듯이
대지는 기지개를 켜고
겨울바람보다 차디찬 외로움을
인내했을 그녀를 위해서
개나리 노란 꽃잎 속으로 병아리는 숨었다
봄을 앓는다
헛된 그리움이 뭉개진 자리에서
그날의 약속들이 피어오르듯

항생제 인간

약봉지 속으로 새가 날아든다
알약은 비릿한 물새알 이다 검푸른 바다를 그린다
알약으로 견뎌야 하는 개밥그릇 같은 날들도
내성이 쌓이면 행복한 날이 되는 것일까
아무런 걱정도 없이 내 가슴에 별을 담을 수 있을까
누군가의 가슴에서 반짝이는 별이 되고 싶었다
끊을 수 없는 인연이 되고 싶었다
시는 고독의 포식자였다 슬픔의 근원 이였다
TV 뉴스에선 항생제의 과다 복용은 해롭다고
이야기 하는데 창조주가 빚어낸 순도 백퍼센트
나를 오염 시키며 오늘도 항생제가 든 알약을
건강 보호 식품처럼 맛있게 맛있게 먹는다

지렛대

쓰러진 너를 일으키는 지렛대가 되지 못해서
뒤척이는 불면의 밤
선잠 속으로 들어오는 수많은 지렛대가
비상하는 새떼가 되었다가
어둠을 밝히는 등불이 되었다가
굵은 밧줄이 되었다
지렛대는 밧줄이었다
쓰러진 이가 붙잡을 수 있는
선잠에서 깨어난 영롱한 지렛대
오늘도 쓰러진 이를 찾아서 먼 길을 간다

또한, 한 해가 간다

속절없이 한해가 아무런 형체도 없이 간다
후회와 아쉬움에 시간들이
세월의 다리 밑으로 흘러간다
조금만 더 사랑하고 배려하지 못한 시간들이
거리에 먼지가 되어 쌓여 간다
누구나 허전한 마음들이 추위에 떠는
겨울나무 되어 새봄을 꿈꾸는데
내 나이의 목마름은 뜨겁게
사랑하지 못한 까닭일까

코스모스에게

누군가를 하염없이 기다리다
야윈 네 몸 속으로 가을이 흐른다
언젠가 나도 나와는 인연이 없는
사람을 그리워 하다가 오지 않는
전화를 기다리면서 잠이 든 적이 있다
눈을 뜨면 텅 빈 그리움에 눈물 글썽였다
실핏줄 같은 네 손바닥 쓸어내리면
파란 가을 하늘 물감이 번진다
창백한 하얀 네 얼굴 위로 찬바람이 스쳐간다
연분홍 그리움 익힌 까만 씨를 받으면
또 한 계절이 스쳐간다

2부

나는 롯데리아에 간다

일교차를 칭칭 감은 가을 햇살 따라서 롯데리아에 간다
나는 햄버거랑 커피를 시켰다
햄버거를 한입 베어 물었다
자본주의 그늘에서 눈물짓는 한사람이 생각났다
또 한입을 베어 물었더니 그 옛날 자본의
비정함을 외치던 마르크스가 생각났다
그는 자본 보다 소중한 가난한 연인들에
사랑의 힘을 믿고 싶었던 것일까
나는 커피 잔을 만지작거렸다
커피를 한 모금 마시자 유리창에 달라붙어 있던
가을햇살 부스러기가 커피 잔으로 떨어졌다
낙엽 같은 한 장의 지폐를 위해서 이 마트 계산대에서
숫자와 씨름 하고 있는 그녀는 무슨 생각을 하고 있을까
투명한 가을햇살이 뭉개버린 자본주의 그늘 아래서
사랑의 진실함이 쌓여간다
햄버거 속에도 들어 있을
진실과 일회용 사랑이 아닌

사랑을 찾아서

롯데리아에 간다

*마르크스: 독일의 철학자. 사회학자

10원짜리 동전

미용실 앞 10원짜리 동전이 떨어져 있다
아무도 주워 가지 않는 천덕꾸러기
동전 얼굴위로 세찬 장맛비가 내린다
10원짜리 동전으로 무얼 할 수 있을까
어린 내가 좋아 했던 과자도 살수 없고
뽑기와 쫀드기도 사서 먹을 수 없다
반기지 않는 초라한 내 모습 같아서
얼른 주워서 호주머니에 넣었다 꺼내보니
웬일일까 한 푼 추억이 되었다
엄마를 졸라서 타낸 10원으로
만홧가게 가서 만화책도 보고 남은
5원으로 달고나를 사서 먹었다
라면땅 과자처럼 바삭바삭한 추억들이
동전처럼 납작한 그리움 되어서
투명하게 내 가슴에 와 박힌다
발길에 채이고 짓밟히는 10원짜리 동전으로
나는 오늘도 추억을 사서 먹는다

근황

꽃샘바람이 사나운 개처럼 컹컹 대던 날
기초 생활 수급비 타러 가는 길
애국가 삼절도 모르는 내가 국민들 땀방울로
쌀을 사고 내 취향의 옷을 사서 입는다
노동의 신성함도 뼈저리게 모르면서
한번도 노동 현장에서 노동자의 목소리를
듣지 못하는 귀머거리가 전태일 책을 읽고는
십자가에서 희생되신 예수님을 생각 했다
절반의 슬픔과 실패가 노동을 하지 못하는 죄책감으로
지옥을 그려 보다가 마음에 송곳으로 아프게 찌르기도 한다
자격 있을까 애국가 삼절도 모르는데

지겨워라 오래된 잡지 같은

내 가슴을 후벼 파는 수식어와
아파트 꼭대기에 걸린 떠도는 구름처럼
명치끝을 아프게 쑤셔대는 추억이 지겨워라
술주정뱅이 오빠가 칼날보다 무서워서
집에 들어가지 못하고 골목길에 쪼그리고 앉아서
어린 내가 올려다 본 파란하늘이 지겨워라
혼자서 밥을 먹고 나를 기억하는 그 누군가를
기다리고 빈 우체통 같은 하루가 의미 없이
달력 속으로 사라질 때 오래된 잡지표지처럼
살아 있다는 것이 우중충한 날들이 지겨워라

소문과 진실

소문도 진실이 되는 이 부질 없는 세상에서
침묵의 아름다운 꽃 피우지 못해서
뿌옇게 흐려진 거울 앞에서 먼 길 재촉한다
한 방울 눈물을 흘렸는데 펑펑 울었다던가
미혼인 k양이 임신을 했다던가
어떤 가수가 연하의 남자랑 바람을 피웠다던가
정치인 공약에 속아 넘어가는 국민들처럼
동네방네 뜬소문 가랑이 사이로 진실은
창틀에 내려앉은 먼지처럼 가볍다
소문도 벗겨내고 다듬으면 진실이 되는 걸까
진실이 되는 그날을 기다리는 길고 긴 인내의
시간에서 피비린내가 난다
구월은 소리도 없이 멀어져 추억의 한 줄이 되고
소문은 어린 계집아이가 씹던 풍선껌처럼 부풀어 올라
진실은 타고 남은 불씨처럼 저 멀리로 사라져 가는데

봄비가 되어

갈 곳도 목적지도 없다
가슴에서 내리는 비 막을 길 없어
슬레이트 지붕처럼 젖어간다
젖은 날개 마르기 전에 또 봄비는 내렸다
사랑은 언제나 저 멀리에서 손짓할 뿐
돌아오지 않는 젊은 내 청춘의 한 페이지였다
봄날은 아무런 흔적도 없이 가버렸다
아무도 찾아오지 않아 사람이 그리운 날
날 기억 하는 안부 전화 한 통 없는
외로움에 흠뻑 젖어서 걷는다
봄에 피는 꽃도 봄날도 배후는 없다

내 영혼의 응급실

김포 우리병원 응급실

응급실에 가면 할 일없이 흘려버린 시간들과

부질없는 미움으로 채워진 날들을 찾을 수 있을까

아마존 정글을 헤치고 들어가면 침대가 나온다

침대위에 누워 있는 마른장작들에

초점 없는 눈동자가 허공을 더듬고

정글을 돌아서 가면 투명한 링거병 수액이 신음하며

조금씩 조금씩 생명의 불씨를 지펴 간다

응급실에도 봄은 오는 걸까

목련꽃잎처럼 하얀 가운이 걸어 다닌다

위급함을 알리는 사이렌 소리처럼

채울 수 없는 내 영혼의 빈자리는 누가 채워 줄는지

해마다 봄이 오면 꽃은 피는데 잃어버린 내 청춘은 찾을
수 없다

응급실 가면 주울 수 있을까 그때 그 시절 추억의 파편들을

무릎 위에 봉분

무릎 위에 둥글게 우뚝 솟은
어떤 가문 누구의 무덤일까
어느 양반집 마님의 무덤일까
아니면 이름 없이 살다간 선비 무덤일까
흙에서 태어난 내가 돌아가야 할 고향집 이거나
어린 계집애가 땅따먹기로 들어 올린 고향땅이다
밥을 먹거나 핸드폰으로 통화를 할 때도 그림자로
떨어지지 않아 된장찌개가 그리워지는 저녁이 오면
가로등 불빛처럼 희미해지기도 하고
연인들 속삭임처럼 감미롭다
봉분 능선위로 사계절이 흐른다
자기도 살아 있는 생명체라고 아우성치며
무릎을 쿡쿡 쑤셔 대는 날이면
어린 나뭇가지 끝에 걸린 뭉게구름이 되고
쨍그랑 하고 깨지는 유리조각이 된다

변비

변기 위에 앉아 있는 동안 꽃이 피고 졌다

낙엽은 떨어져 바스락 거렸다

사랑한다는 말 한마디 배설하지 못하는 네가

답답해서 정전된 방안에 갇혀서 부르는 노래가 끝나기 전에

시원하게 그 한마디 들을 수 있다면

간호원은 변비의 원인은 빈혈약 때문이라고 했다

밀어낼 수 없는 이 아픔의 원초적 원인도

빈혈약이 원인이 된 그리움도

배설해서 버려야 할 추억의 똥 덩어리

버리려고 힘을 주지만 변기만 따뜻할 뿐이다

나는 끝내 두루마리 화장지만 만지작 거리다가

묵직한 아랫배를 부둥켜안고

서랍 속 변비약을 찾는다

빈혈수치

곤두박질치는 빈혈수치

끝이 어딘지 나는 모른다

다만 알수 있는 건 그가 내 친구라는 것이다

그는 빙그르르 원심력으로 돌리다가

싫증이 나면 원위치 시켜 놓는다

내 몸 이리저리 떠도는 그는 방랑자

언제나 떠날 준비를 하는 나그네이다

봄 햇살 유리조각처럼 부서지던 봄날

누군가 내미는 손처럼 떨어지는 한 방울 피가

웨딩드레스 순결한 한 송이 백장미였으면

꽃잎 위에 살며시 내려앉은 아침이슬 이거나 햇살이면 좋

겠다

어린시절 환호하던 쌍무지개 뜨는 언덕 이였으면

잘 저어주어야 조화로운 한잔 커피처럼

그렇게 백혈구 적혈구 조화롭게 살아가는 세상에서

살수만 있다면 나 오늘 이렇게 먼 길 재촉하지 않았을 텐데

눈물로 보는 개그콘서트

화면 가득 웃음소리가 꽃물결로 일렁인다
웃음소리는 사랑하지만 헤어져야하는
안타까운 연인들에 이별 장면처럼
은퇴를 선언한 늙은 여가수의 쓸쓸한 뒷모습처럼
웃음이 당겨오는 슬픔으로 나는 목멘다
방청객들은 슬픔을 모르는 어린아이처럼 웃는다
웃음소리가 못이 되어서 내 가슴에 와서 박힌다
재미있는 눈물이 난다
즐겁게 가슴 아린 눈물이 흐른다
떨어진 눈물 한 방울 풀잎 끝에 맺혀서
또르르 웃음소리가 된다
벽에 부딪혀서 내 가슴으로 떨어진다
눈물을 아끼고 아끼면 황홀한 웃음꽃이 핀다
오래오래 지지 않는 추억의 꽃이 된다

정답은 없다

어린 시절 오빠한테 꿀밤을 맞아가며 외우던 구구단에도
정답은 있었고 골치 아픈 수학 문제에도 정답은 있었다
하지만 나는 답이 없는 방정식을 풀지 못해서 서럽게 절
망 했다
가난과 눈물이 뒤섞여진 골목길은 아득한 추억이 되었고
불러도 대답 없는 이름들을 사랑 했으므로 빈집처럼 공허
했다
되풀이 할 수 없는 날들이 모인 인생의 강(江) 중간에서
돌아보면 사랑한 것도 몹시도 미워했던 것들도
손가락을 빠져 나가는 물처럼 허무했다
새해에 본 토정비결에 7월인가 8월에 귀인(貴人)을
만난다고 했는데 이제 만나서 정답을 듣고 싶다
오늘도 정답 없는 하루를 살고 내일은 정답을 찾아야 한다
모레쯤 이면 그동안 알 수 없었던 정답을 알 수 있을 것이다

스위치

어둠이 내려앉은 방안에 스위치를 켠다
TV와 책상 안 책들은 눈이 부신 듯이
눈을 비비며 어서 오라고 손짓 한다
방안은 체온을 잃어버린 의자처럼 쓸쓸하다
캄캄하게 어두워져 내 안에 스위치가 꺼져
아무리 더듬어도 찾을 수 없어서
아침이 오기만을 기다리던 그 밤에 독백들이 흩어진
강가에서 마른잎처럼 말라간다
스위치를 찾아서 헤매던 날들은 어디로 가고
혼자서 작은 바늘구멍에다 큰 낙타 같은
외로움과 그리움을 바느질 한다

밤비에게

무엇이 그렇게도 부끄러워서 밤에 몰래 내리는지
눈물 흘리지 못한 사연들이 빗물 되어 흘러내린다.
우산을 쓰고 거리를 거닐어도 나뭇가지 사이로
흘러내리는 빗물을 막을 수 없어 나 또한 빗물이 된다
잠 못 들어 창밖을 내다보면 잠깐 다녀간 내 님처럼
뼛속까지 사무친 그리움을 알알이 꿰어 님 목에
걸어 드리면 곤하게 잠들 수 있을까
언제쯤 오시려나 문열고 기다리면 내 님 발자국 소리
살며시 잠속으로 스며든 밤비가 적셔준다

그때 알았더라면

웬병헐 년
육실할 년
책 못 읽고 죽은 귀신 붙은 년
엄마의 직설적인 욕으로 배부른 날이면
눈물이 빗물 되어서 아스팔트를 적시고는 했다
빌딩과 빌딩 사이에서 불어오는 바람이
내 눈물을 말려 주었다
나를 향한 엄마 욕이 사랑의 방정식 이였다는 걸
답을 몰라 풀지 못했다는 것을
엄마가 한줌 흙이 된 후에야 알았다
엄마 사랑의 방정식 답을
그때 알았더라면 눈물 따위는 흘리지 않았을 텐데
오늘 이렇게 엄마 욕하는 소리 그리워서
눈물로 베갯잇 적시지 않았을 텐데
나를 단단하게 한건 엄마의 욕 이었다
성장하게 한건 엄마의 욕 이었다

슬픈 고백

아기를 잉태하지 못하는 내 몸 어딘가에는 조약돌이 살고
있다
투명한 날이면 조약돌들은 서로 몸 비비며 피리 소리를 낸다
빌리리 빌리리
그럴 때면 내 가슴에서는 얼음꽃이 피었다
꽃잎은 한잎 두잎 부서져서 물이 되었다
하나로 마트에서 시들어가는 배추 잎사귀처럼
삐걱대는 몸을 껴안고 울었다
아우를 죽인 카인도 아닌데 밤마다 반성문을 썼다
바람은 늘 반성문을 핥고 지나갔다
어린 시절 감동을 주었던 백설공주는 없었다
일곱 난장이도 왕자님도 없는 세상에서
가위로도 오려지지 않는 슬픔을 가슴에
강력 본드처럼 붙이고 아무리
다운로드 해도 희망은 실행되지 않았다
희망은 기적을 만드는 요술램프
이제 나는 어떤 희망을 찾아서 떠나야 하는 걸까

꽃씨와 할머니

병원 가는 길 하루를 뜨겁게 달구던 햇빛도
할머니 등 뒤에서 꼬리를 감추고
노을 그림자가 길게 드리워진 저녁
할머니는 꽃씨를 받고 계셨다
새봄과 만개할 꽃들에 잔치를 준비하고 계셨다
손바닥에서 봄과 꽃들이 꼼지락 거리고 있다
나는 들을 수 있었다 꽃씨들에 옹아리를
손가락과 손가락사이에서 아가의 울음소리를
이제 노을은 까만 꽃씨 속으로 숨었다
어둠을 말아 쥔 할머니는 꽃씨처럼 속삭이셨다
사람은 착하게 살아야 하는거야
나는 착하지 않았다 아니 착한 척 하면서 살았다
날개 꺾인 것에 대해서 세상을 원망 하였고
나를 미워했다 때로는 웨딩드레스에 행복을 훔치기도 했다
그러나 시간은 세월은 나를 다듬었다
사랑도 미움도 바람의 뒷모습처럼 허무한 것
이제는 미움을 승화시켜서 사랑을 만들어야 할

날들이 두루마리 화장지처럼 펼쳐진다

3부

수혈을 받다

간호원이 내 팔목에 꽃핀을 꽂고 갔다
꽃핀은 마지막 이별의 키스처럼 차갑고 아프다
몸속으로 목련꽃잎이 뚝뚝 떨어진다
누구일까 목련나무 뿌리가 되어 주는 이는
지하철 안에서 손잡이를 잡고 있던 핏줄 드러난
팔뚝을 가진 건장한 청년 이었을까 아니면 한 잎
코스모스 같은 긴 생머리 아가씨였을까
음악처럼 선율이 되어 온몸 구석구석으로 스며든다
언젠가 거리에서 어깨를 부딪쳤을지도 모를
청년과 아가씨 숨결이 꽃물결로 일렁인다
청년과 아가씨의 고운 숨결이 불꽃으로
나를 타오르게 한다 내가 살아가야 할 날들에
성냥개비가 되어준다 꽃잎을 나누는 일은 누군가에게
따뜻한 손을 내미는 일이다
언 손을 따뜻하게 녹여 주는 일이다

착각한 뒤에 오는 것들

내 마음을 알아달라고 그렇게 말하는 순간
너는 내 곁을 떠났다 자작나무 숲속으로
웃음 뒤에 감춰진 날카로운 발톱으로 할퀸다는 것을
까맣게 모르고 그저 너의 웃음으로 행복 했었는데
모든 건 착각 이였다 착각은 슬픈 진실이였다
집착의 끈을 놓지 못하고 하얀 도화지위에
하얀 물감을 색칠 하고 무지개 안 그려진다고
투정하는 칼날 같은 시간위로 소낙비가 내린다
가슴이 빈집에 부는 바람 같아야 한다는
나를 사랑하는 이가 주신 숙명을 잠시 잊은 탓에
쭉쭉 찢어 먹어야 제 맛인 김치처럼 내 앞에 서 있는
외로움이 말을 건넨다
오늘은 어떤 빛깔 외로움을 드릴까요

착각한 뒤에 오는 것들 2

내 곁에 머무르면 마른잎처럼 건조해 지거나
시든 꽃처럼 초라해 진다면서 화려한 장미를 찾아 떠났다
미움이 있어야 사랑은 더욱 탄탄해 지는 거라는
착각이 이별 노래였음을 몰라서 나 혼자 행복에 겨운 날
하늘이 나를 위해 맑고 푸른 물을 뚝뚝 떨구고 뿌옇게
흐려진 것을 닦지 못한 안경엔 짙은 안개가 껴 있었는데
닦으면 닦을수록 짙어지는 안개에 갇혀서 상처가 덧나는
밤이 오면 나는 나를 노크하는 문이 된다

"똑...... 똑......"
"누구세요?"

당신 상처에 새살을 돋게 하는 새벽입니다

착각한 뒤에 오는 것들 3

슬픔이 지나면 기쁨이 온다는 사실도
내 착각 일거라는 빈 그릇 같은 날들에
허기가 배설하지 못한 생리현상으로
아랫배 답답하다
달그락 거리며 희망을 중얼거리던 날들을
천정에 매달아 놓고 바라본다
작은 희망의 옷을 입고 거울 속에 나에게
행복을 되뇌어본다
외로움도 식사법이 있는 밥상에서 클릭하면
내가 원하는 대로 실행되는 프로그램처럼
그렇게 돌아오지 않는 한 사람도
돌아오게 할 수는 없을까
숟가락위에 반찬을 얹어주던 사랑하던 한사람의
추억이 온종일 내 안에서 페이지를 넘긴다
짧은 착각을 늘여서 길고 깊은 진실이 되는
맑고 고운 날
푸른 잉크 묻혀서 써 내려간 편지처럼

순백의 눈처럼, 꽃잎처럼
너를 다시 한번 사랑하고 싶다

보내놓고 나서

보내놓고 나서 붉은 핏덩이를 토했다
꽈배기처럼 꼬인 인연의 끈 풀지 못해 등 돌린
너를 보내고 나는 슬픈 봄처럼 무너져 울었다
산양자리 전갈자리 별자리를 기도문처럼 외우는 봄밤
미처 딱지 못한 눈물 한 방울이
하얀 손수건에 목련 꽃잎으로 찍혀져오는 새벽이 오면
멀어져간 너를 위해서 사철나무를 심었다
푸른 잎새 한 잎 내 가슴에서 투명한 이슬이 될 때까지

센서등

네 속에는 삽살 강아지 한 마리 살고 있다
문을 열면 주인이 반갑다고 꼬리를 흔들면서 반겨준다
느슨해진 운동화 끈을 단단히 묶을 때면 언제나 지친 내 어깨를
핥아주던 혓바닥은 부드럽게 속삭이던 목소리였다
아무도 들어 주지 않는 늙은 여가수의 노래였다
이제는 옷장 속에서 잊힌 여가수의 낡은 드레스 옷자락 인지도

살아야 할 날들은 단단히 묶어야 하는 운동화 끈처럼
벗겨지지 않도록 묶고 조여야 하는 나사못일까
시들기 위해서 피어나는 꽃처럼 흙으로
돌아가기 위해서 살아남아야 하는 봄날
센서등 혼자 돌아가는 모퉁이 길
발자국 스친 곳에 꽃불처럼 불꽃들이 인다

61

농담

무심코 던진 농담 한마디가 들어 올린 진실이 어린 시절
아버지가 품에 넣고 오신 군고구마처럼 따뜻하다
농담 속에 진실이 있다고 지나가는 바람이 내게 말해 주었다

농담처럼 사랑이 찾아온 날 농담과 진실 사이에서
갈팡질팡하며 사랑을 꼭꼭 씹어서 진실한 사랑으로
소화시키기까지 생(生)은 잠시 고개를 쳐들어서
바라봐야 하는 새떼가 지나간 빈 하늘 이였다 계절이였다

농담도 풀잎 끝에 맺힌 영롱한 이슬처럼 진실이 되고
어둠이 창가에 차곡차곡 쌓여 달빛의 머리채가 휘감아 오는
밤이 오면 진실 끝에 매달린 네 이름을 뼈아프게 부른다

웃음소리

웃고 있지만 가슴으로 우는 날이 있다
피고름처럼 곪아서 뱉어 내지 못한 말들이
가슴에서 말라가는 수숫대처럼 서걱인다
망설이다가 하지 못하고 삼켜야 했던 말들이
목울대에서 가시가 되어 따끔 거리는 날은
많은 양의 수면제로도 달래지지 않는 불면의
이불을 폈다 갰다를 했다
만개한 꽃으로 피어 떨어져 누운 꽃잎으로
내 안에서 뭉게구름으로 피어 날 때
어디선가 들려오는 웃음소리는 맑은 시냇물 소리였다가
은은한 종소리로 내 가슴을 적신다
겨울들판을 훑고 지나가는 찬바람처럼
메꿔지지 않는 구멍으로 드나들던 너의 웃음소리가
등대처럼 어두워진 나를 밝힌다

문자메세지

답장이 오지 않을 것을 알면서도 너에게 문자를 보낸다

부질없이 나부끼는 깃발처럼 현란한 문자들이 나를 어지럽게 한다

네 핸드폰에서 역류하는 문자들은 보이지 않아 침침할 것이다

흐르는 물처럼 시간처럼 오래된 수첩속의 낙서처럼

그렇게 잊혀 졌는지도 모른다

보고 싶다라고 쓴 문자들이 끝끝내 내 오른쪽 어깨의 통증이 되었다

많은 불면의 밤을 보낸 나의 문자들이여

성난 파도 잠재우듯 이제 편안하게 잠들게 하고 싶다

집착의 끈을 놓아버린 아침에 너에게 안부문자를 보낸다

그동안 나는 답장 없는 문자로 해서 기다림을 배우고 행복 했다고

부탁드려요 나를

잠자리에서 일어나면 누구의 체온도 느낄 수 없다는 허허
로움이

먹이를 찾는 한 마리 짐승 앞에서 두려움에 떠는 먹잇감처럼

밀려와요 나를 끊임없이 부추기는 건

15층에서 마른 장작처럼 떨어진 여인네들 이었어요

나를 위한 모든 것들은 비껴갔어요

건강이라든가 사랑이라든가

누구도 사랑할 수 없음을 알았을 때 누구한테도 의미가
될수 없음을

알았을 때는 세월의 바퀴가 지나가고 난 뒤었어요

바퀴는 짓밟고 지나가는 근성을 가졌으므로 바퀴에 짓밟
힌 꽃처럼

살아 보리라고 다짐 했어요 희망은 있다고 안간힘 썼던
날들이

벽화 속에서 나를 손짓해요 내가 좋아하는 바다와 하늘
석양을 두고

이별 한다고 해서 원하던 문제 열쇠가 찾아지는 것은 아

니에요

    지극히 습관적으로 난 살아가야 하고 밥을 먹어야 해요

    이제 난 내 눈물의 바늘귀에 실을 밀어 넣었어요

    부탁 드려요 하느님 나를

바닥에서 하늘을 보다

시(詩) 한줄 건져 올리지 못한 채 빈둥빈둥

바닥에서 뒹굴다가 하늘을 본다

겨울하늘은 처마 밑에 매달린

고드름처럼 맑고 시리다

모퉁이를 돌아서 정처 없이 숲길을 걷다보면

하늘은 더 시리고 낮아서 난 늘 모퉁이를

궁금해 하다가 끝내는 내가 찾는 바다도 섬도 찾지 못했다

안개 짙은 날 나무 뒤에 숨은 너를 찾지만

꽁꽁 묶을 밧줄이 내게는 없었다

사랑 그리움 짓이겨진 씨앗으로 땅속에서

고개를 쳐들어 하늘을 보면 삭제될 수 없는

희망 이였다 기쁨 이였다

너는

아파트 숲에서 사는 사람들

아파트 숲에서는 숫자로 기억된다
106동 아저씨 107동 아줌마 108동 할머니
똑같은 문과 현관에서 신발을 벗고 습관적으로
신발을 신지만 저마다의 꿈들은 다르다
106동 아저씨는 대박을 꿈꾸고
107동 아줌마는 저녁 반찬을 걱정하고
관절염을 앓으시는 108동 할머니 다리 통증은 작은 돌멩
이로
새떼들은 오늘도 일용할 양식을 허공에서 찾는다

숲길을 따라가면 푸른 하늘이 보이고 둥실 떠가는 구름이
보인다
숲과 숲 사이에서 바람이 분다
바람이 불면 숲속 사람들은
민들레 홀씨처럼 흩어져서 저마다의 꽃불을 피운다.
달이 아파트 꼭대기에 걸린 밤이 오면
꽃불은 곧잘 내 창가를 비추는 별이 된다

어젯밤 꿈속에서 별은 나를 따라와 반짝이며

지름길 비춰 주는데

시훈 시훈이

그는 내 친구이다 난 알맹이는 없고 껍질뿐인
서글픈 친구이다 그 앞에 서면 그 앞에 서면
꼬부랑 할머니 이거나 할미꽃이다
10년 전 지하철 2호선 역에서 만났을 때
A학점을 꿈꾸는 새내기였다
여린 새내기 잊을 수 없어서 호주머니에 넣거나
가슴에 품었더니 큰 나무 되어서 내게
그늘 만들고 뿌리 되어 준다
그늘 아래서 기형도 시집을 읽었다
전생(前生)에 몇 번 만났을까
헤아리면서 중얼 거리다 잠이 들었는데
그는 추억의 강 건너에서 나를 바라볼 뿐이다
그저 추억 속에 한사람이라고

벽 속에 갇힌 여자

벽은 빗방울 이였네
미처 구름이 되지 못한 빗방울 이였네
우산은 없었네
빗방울이 내 몸을 적셨는데
자세히 들여다보니 벽 이였네
걸음을 옮길 때마다 벽은 따라 다녔네
벽은 그림자였네
그림자는 나를 가두는 벽 이였네
감옥 이였네

그 여자 벽 속에 갇혔네
여자는 울부짖었네
자유롭고 싶다고
벽도 날개가 되고 싶다고

가을의 바코드

과자 한 봉지를 샀다
그녀는 여름햇살을 한 움큼 쥐고 바코드에 대자
계산된 봉지에서 우르르 쏟아져 나오는
여름 추억들이 가을꽃이 되었다
코스모스 꽃잎이 입속에서
어린시절 내가 먹던 라면땅 과자가 되었다
지난여름 선풍기는 날개는 가졌지만
날지 못하고 고개만 숙였다
나는 가끔 선풍기가 해바라기꽃 이였으면 했다
방바닥에 흩어진 꽃잎 보며
추억 속으로 보내지 못하고 붙잡는 너를
시들어가는 꽃잎처럼 보내고 싶었다

이 순간

이 순간 나는 행복하다

좋은 이와 마주 앉아 커피 한잔 나눌 수

있어서 나는 행복하다

뜨거운 커피 후후 불어 식는 동안

지나간 추억을 이야기 할 수 있어서 행복하다

창밖엔 선율처럼 정적이 흐르고

우리네 삶도 흐른다

이 순간 나는 행복하다

내 곁에 나를 숨 쉬게 하는 공기와

찻잔에 담아 식지 않는

우리의 이야기가 있어서 행복하다

이 순간을 찻잔에 담을 수만 있다면

우리의 이야기가 꺼지지 않는

불씨가 될 수 있다면

나는 이 고요함이 무섭다

아무도 찾아오지 않는 오후 다섯 시
축 늘어진 나뭇잎사이로 햇살이
주춤주춤 붉은 노을이 될 무렵
하루 동안 밑 빠진 독에 물을 붓고
채워지기만을 기다렸다
얼마나 기다려야 채워질까
채워도 채워지지 않는 빈 항아리의
고요가 나를 만지작거린다
꿈꾸며 기다렸던 만남은
꿈길을 만들고 외딴섬에서
누군가를 소리쳐 불렀다
아무도 없어요

4부

방울토마토엔 방울이 없다

방울토마토를 5000원어치 샀다
입에 넣자 입안으로 톡하고 터지는 과즙
언제였을까 이제는 희미해져 기억도 나지 않는
너에게 톡톡 튀는 기쁨이 되고 싶었다
방울토마토를 먹으며 내가 방울을 찾듯
오늘 너는 방울소리 울리며 멀어져 간다

거리에 토마토를 파는 아저씨는
무작정 손님을 기다렸다
봄밤은 까맣게 깊어만 가는데
방울소리는 들리지 않는다

지팡이

지팡이에 사계절이 흐른다
겨울을 딛고 일어서는
새싹으로 꽃을 피우고
열매가 되는 움터오는 씨앗이다

아주 먼 옛날 너는 내가 건넜어야 할
행주대교다리였는지 모른다
너를 짚을 때면 힘겹게 땅을 밟는
꼬부랑 할머니 뒷모습이 보인다
나는 어제도 오늘도 꼬부랑 할머니 였다

지팡이를 생각할 때면 깊은 산속
오래된 나무에서 꽃이피고
내 젊은 나이테는 저 혼자서 먼 길을 간다

디지털 시대의 홍랑

홍랑은 조선시대 기생 이었다
사랑하지 않는 누군가를 위해서
술잔을 채워야 했고 춤을 춰야 했다
그녀 가슴엔 깊은 강이 흐르고
몇 백년이 지난 내 가슴에도 흘러 내렸다
이루어 질수 없는 사랑 때문에
당신 아닌 누구도 사랑할 수 없기에
일부러 얼굴에 흉터를 내었다
홍랑처럼 되고 싶었다

태양을 사랑하는 해바라기처럼
짝사랑만 하던 나의 사랑
까만 씨가 되어서 그의 이름을
불러볼 뿐이다

박하사탕

이 사탕 엄마가 좋아 하셨는데
그녀의 눈망울이 촉촉하다
두 달 전 먼 길을 떠나신 어머니
이년 전 내 엄마도 먼 길을 가셨다
엄마의 먼 길을 동행하지 못한
두 여자 가슴에
찬 겨울바람이 휑하고 불었다

살아계실 때 좋아하신 박하사탕이
쓴 약 되어 목으로 넘어가지 않는다

엄마가 없는 이 세상이 너무 넓고 황량하다
엄마는 내가 갈 수 없는 나라에 계신다

그 나라에도 박하사탕이 있을까

스며들다

빗방울이 꽃잎에 스며들듯

두루마리 화장지에 물이 스며들듯

봄은 여름에 스며들었다

가을이 겨울에 스며들듯

비누가 스펀지에 스며들어

많은 거품을 내듯

너에게 스며들어 열매가 되고 싶다

체온을 베꼈다

지인한테 꽃다발 선물을 받았다
꽃향기에도 체온이 있어
산지기가 산을 떠날 수 없듯
오래도록 내게 모닥불이 되었다
보드라운 꽃잎의 살결이
가슴으로 전해져 온다
뜨거운 체온이 향기롭다

사람이 보고픈 날이나
그리워지는 날
아껴둔 체온 꺼내서 베낄 것이다
그러면 그때의 그 향기가
내게 한아름 꽃다발이 되어 줄 것이다

그 말이 나를 슬프게 했다

슬픈 시(詩)는 쓰지 말라고 했다

슬픔을 뛰어 넘으라 했다

억지웃음을 웃을 수가 없었다

슬픔을 기쁨으로 승화 시키는 일이

그리 쉽지만은 않았다

슬픔이 기쁨을 지워가는 날들이 많았다

크리넥스 티슈로도 닦을 수 없었던 순간들과

무너진 기둥 일으킬 수 없어서

주저앉았던 시간들이

칸나 붉디붉은 꽃잎으로 흩어졌다

슬픔 너머 기쁨이 있다는 것을 가르쳐준 것은

무너진 기둥 이였다 크리넥스 티슈였다

내게 작은 기쁨과 행복이 있다는 것을

가르쳐준 것은 슬픔이였다

여행 가방의 꿈

언제나 떠나고 싶었어요.
봄은 봄대로
여름은 여름대로
가을은 가을대로
겨울은 겨울대로
가방을 열면 만리포 해수욕장이
한계령이 보였어요.
부드러운 모래 밟으면서
사랑이든가
우정을 속삭이고 싶었어요.
풀 수 없었어요.
내 발목에 꽁꽁 묶인 매듭을

내 귓속에 라디오

내 귓속에는 스트레오 라디오 한 대가 살고 있다.
언제부터인가 뼈저리게 그립지만
소통할 수 없었던 이름들처럼
주파수 맞지 않아 등 돌리는 너처럼
스트레오 라디오에서 오늘은 성난 바람이
전깃줄을 흔드는 윙윙 소리가 난다.
귓속에 라디오가 속삭인다.
살아가는 일은 끊임없이
희망을 찾아가는 일이라고.

유언장

나더러 유언장을 쓰라 한다
임대 보증금으로 장례 치루라 했다
라이너 마리아 릴케 장미꽃보다
더 순수하고 한 송이 백합꽃보다
순결한 유언장을 쓰라 한다
내 주인이 나를 흙으로 빚었으니
흙으로 돌아가라 한다

어서 오세요
나의 죽음이여

이제 주인 품에서 걱정 근심 없이
편하게 쉬고 싶다
이 세상에서 후회되는 한 가지
꼭 필요한 사람이 못됐다는 거

변기 뚫기

아침 햇살이 아파트 담벼락을
핥고 있을 때 변기를 뚫는다
팔에 힘을 주고 압축기를 누르지만
도무지 내려가지 않는다
난 엄마의 아픈 손가락이었다
지금 내가 변기를 뚫지 못하듯이
소화가 되지 않는 엄마의 속을
시원하게 뚫지 못했다
난 분명히 깨끗하게 맛있는 음식을
그런데 나는 냄새나고 더러운 것을 배설했다
변기는 부끄러운 내 거울이었다
냄새나고 더러운 것을 담아내는
그릇이었고 자화상이었다

리모컨

내가 전원을 켜자 전쟁 중에서도
사랑의 꽃을 피우는 연인들이 나왔다.
태양보다 뜨겁고 동백꽃잎보다
더 붉은 사랑을 하고 있었다.
채널을 돌리자 맛있는 음식을
먹고 있는 요리사 아저씨가 나왔다,
또 채널을 돌리자
남편 외도에 분개하는 아줌마가
화면 밖으로 뛰어나올 듯 했다.
드라마보다 더 드라마 같은
삶을 살았다는 그녀의 하루는
오늘도 가시밭길이었을까
리모컨 속으로 사계절이 흐른다.
덧없이 시든 내 청춘이 흐르고
우리네 인생이 흐른다.
리모컨은 날개였다.
자유롭게 비상하는
푸른 날개였다.

내 몸 어딘가에

내 몸 어딘가에 졸졸 시냇물이 흐른다.
흐르고 흐르다 흐르지 못하고 모퉁이 돌에
걸려 고여서 걸어갈 길이 되었다.
삶의 깃털은 가시밭에 떨어졌고
피 흘리면서 울면서 때로는
울부짖다 올려다 본 하늘은 노을만 붉었다.
혈관을 타고 흐르던 시냇물이 강이 되고 바다가 된다.

바람 한 점 없이 맑은 날
그리고 깃털보다 가볍게 허공이 되고 싶은 날
말하리라 내 몸 어딘가에 푸른 바다가 산다고.

소망하는 봄

나뭇가지에 매달린 겨울이
떨어지는 봄이 오면
두툼한 겨울 외투가 기억하고 있을
추운 겨울의 추억을 벗고
민들레 홀씨보다
가볍게 슬퍼지고 싶다.
사소하지만 사소하지 않은
슬픔으로 봄 햇살처럼 따뜻해진
내가 봄이 되어 쓸쓸한 너에게
연초록 새싹 같은 손을 내밀고 싶다.
아무리 간절하게 소망해도
오지 않는 어제처럼
가버린 날들이 모인
세월의 언덕에서
나는 오늘도 한 그루
사철나무를 심는다.

장애인 증명서

도대체 빌 증명 하라는 것인지 모르겠다
하얀 종이 위로 빗물인지 눈물인지 모를 것들이
뒤범벅되어 흘러내린다
엄마의 자궁 문 열고 태어 날 때는 건강했는데
강산이 열 번 면했을 때까지는 건강 했는데
그 후에 나뭇잎같이 시들어버린 나
간신히 끌어안고 희망을 조각하며
모자이크 하면서 살았는데
거짓을 마하지 않았는데
부끄러운 나를 증명하란다
바라보는 차가운 눈빛들이 두려워서
숨고 살았던 날들
목련꽃잎처럼 흘어 진 하얀 종이가
왜 이렇게 서글프기만 할까
나는 장애인 증명서를 서랍 속에 넣었다
어느 기쁜 날 꺼내 보니 거울이 되어 있었다
거울 속 그 여자가 웃음 짓고 있었다

함박꽃처럼 그리고
나비 날개처럼 팔랑팔랑

■□ 해설

장애인 페미니즘의 신화

이기와

    박명근 시집을 읽다보니 가슴에서 일어나는 첫 단어가 있다. '페미니즘'이라는 단어이다. 그녀는 여성 장애인이면서 시인이다. 그녀는 소주집단의 차별과 편견이 팽배한 사회에서 불평등의 메커니즘을 파악하고 사회를 보다 균형 잡힌 상태로 이끌어 가는데 한 목소리를 낼 수 있는 자격이 충분한 시인이다. 여권신장도 옛날 보다는 높아져 이제는 낡은 구호같이 느껴지는 '페미니즘', 그러나 아직도 그 낡은 이념을 필요로 하는 곳이 있다. 억압과 부당한 대우를 받는 소수계층이 얼마나 많은가? 그들은 가시적 거리 밖에서 움츠려 있거나 벙어리가 되어 침묵의 감옥에 갇혀 있다. 공산화가 아닌 자본화의 땅에서 일개의 존엄성에 관심을 두고 혜택을 골고루 취할 수 있게 분배의 공평성을 기대한다는 것은 물정 모르는 천치의 생각이라고 밖에 말할 수가 없을 것이다. 자본주의 국가는 국민 하나 하나를 거래 개념의 상품으로 평가하거나 자본으로 생각할 가 능성이 짙다. 이런 무물불성(無物不成)이 팽배한 시대에서 인 간의 존엄은 어떤 자리를 차지하고 있는 것일까? 특히 여성은? 더 나아가 장애우 여성은 어떠한가? 아직 우리 주변에 불합리 하게 처우 되는 여성의 현실 참여와 지위는 없는가? 장애인들 의 인권 보장과 사회 참여의 기회는 합당한가? 여성 장애인들 의 성(性)은 인정 받고, 보호 받고 있는가?

'페미니즘'은 여성들의 권리회복을 위한 운동에 의해 나온 말이다. 자유주의에 기반을 두고 있으며 20세기 초 여성 참정 권 요구로 시작되었고 1960년대 정치적 변혁 운동의 과정에 서 보다 본격화 되었다. 페미니즘은 계급적인 문제를 성차별 문제로까지 시각을 확대시켜 놓았고 사회적 불평등의 구조를 통해 '여성학'이라는 새로운 학문 분야뿐만 아니라 가부장제 이데올로기에 대항하는 여성의 정치적 해방 운동을 양산했다. 사회현상을 바라보는 하나의 시각이나 관점, 세계관이나 이념 이기도 하고 현대에는 여성들의 사회적·문화적 경험과 관련 한 문제들을 거론하고 있기도 하다. 특히 요즘 흑인 여성, 아시 아 여성, 다문화가족의 여성 등, 소수 집단의 여성 문제에 대한 논의로 이어지고 있다.

생물학적인 성을 누가 하대하고 멸시 할 수 있단 말인가? 오히려 생물학적인 몸은 신의 영역이라고 할 수 있지 않겠는

가? 그녀의 시집 『그 골목의 비밀』을 살펴보면서 장애인 여성
의 사회적 위치와 존립의 문제를 짚어 볼까 한다.

1. 현존의 슬픔

벽은 빗방울 이였네
미처 구름이 되지 못한 빗방울 이였네
우산은 없었네
빗방울이 내 몸을 적시었는데
자세히 들여다보니 벽 이였네
걸음을 옮길 때마다 벽은 따라다녔네
벽은 그림자였네
그림자는 나를 가두는 벽 이였네
감옥 이였네

그 여자 벽 속에 갇혔네
여자는 울부짖었네
자유롭고 싶다고
벽도 날개가 되고 싶다고
　　　 －「벽 속에 갇힌 여자」

가부장 사회의 남성중심적 힘의 행사는 여자들에게 벽이었을 것이다. '아버지'라는 무소불위의 존재가 가했던 절대적 복종, 맹목의 강요, 종속적 관계는 철의 벽과 다름이 없었을 것이다. 가해자는 피해자의 복합적 심리의 무늬를 상상조차 할 수 없다. 그래서 말 그대로 가해자로 남는다. 피해자만이 고통이라는 무늬를 있는 그대로 그려 낼 수 있다. 이 시에서 나오는 '벽'과 '그림자'에 대해서 당신이나 나 같은 타자가 피부로 얼마나 감각화 할 수 있을까. 경험 당사자인 그녀 앞에서 타자인 우리는 모두 가해자의 입장이 되고 만다. 아이와 여자는 인격이 없는 존재로 인식된 시절이 있었다. 불과 지금으로부터 60년 전의 실화이다. 박명근 시인의 어머니가 등장했던 시절, 억압과 차별의 벽으로 둘러싸여 있던 시대, 그녀들에게 철태처럼 드리운 종속의 그림자, 그 그림자 속에서 "여자는 울부짖었네/ 자유롭고 싶다고/벽도 날개가 되고 싶다고" 그 울부짖음은 소리 없는 소리, 먹통의 메아리, 움츠린 텅 빈 소리로 읽히고 만다. 발언권이 묵살된 환경에서의 '울부짖음'이란 지극히 개인적 문제의 사태로 끝이 나는 법, 그래서 비극적 플롯이고 비극적이다 못해 광기의 웃음을 동반한 희극의 역사를 만들고 만다.

엄마가 나를 임신 했을때였다
아버지 사업이 실패 했다고

내게 재수 없다는 낙인을 찍어 주었다
그런 어느 날 이였다
엄마는 찍은 낙인이 엷다고 희미하다고
진하게 지우개로도 지울 수 없는 낙인을 찍어 주었다
그날부터 내 가슴에 낙인을 밤 하늘 별처럼 달고 살았다
가슴을 따금 따금 찌르는 못 이거나
반짝거리는 푸른 별
행복에 취해서 무척 서러운 날
밤 하늘 별이 사라졌다
자세히 보니 나의 그림자가가 되어 있었다
떼려야 뗄 수 없는
　　－「낙인」

　피해자가 어느 날 가해자가 되는 일은 여반장처럼 흔하디
은한 일이다. 더구나 폭력이라는 헤게모니 속에서는 더욱 그
렇다. 트라우마(정신적 외상, trauma)는 유아기 또는 유년기
에 형성된 것이 그 이후 성장 과정에서 형성된 것보다 충격과
강도 면에서 막강한 힘을 지니게 된다. 아직 혼자의 힘으로 먹
이를 구하고 외부 위협으로부터 제 몸을 보호하고 은신처를
스스로 만들 수 없는 상태이기에 공포와 두려움의 감정은 극
도로 높을 수밖에 없다. 뱃속에서 시작된 박탈과 저주⋯⋯ 작
은 소리에도 놀라고 엄마가 곁에서 잠시 사라지기만 해도 극
도로 불안에 떨던 순간을 기억해 보라. 촉이 예민한 어린 나이

에는 자기를 싫어하는 대상을 더 잘 감지하는 법이다.

한 때 여자는 부정한 물건처럼 재수 없는 존재였다. 액(軛)과 마(魔)의 존재… 태어나면서부터 낙인 받는 숙명의 바코드이다. 아마도 시인의 어머니 또한 남편으로부터 존중 받고 살지는 못 했을 것이다. 그럼에도 어머니는 같은 성을 갖고 태어난 딸의 수호 역할이 아닌 아버지의 그늘에 짓밟혀 딸을 핍박하는 동질의 가해자 입장에 서고 만다. '재수 없는 몸'이라는 낙인, 그 낙인을 "밤 하늘 별처럼 달고 살았다"는 시인의 표현은 패러독스의 극치를 보여준다. 어둠의 바닥을 본 자만이 빛의 속성을 제대로 이해하듯이 절망의 뿌리에는 기쁨으로 향하려는 모진 자생의 본능이 숨어있는 것인가. "밤 하늘 별이 사라졌다/ 자세히 보니 나의 그림자가 되어 있었다/ 떼려야 뗄 수 없는" 주홍글씨와도 같은 낙인의 표상인 밤하늘의 별이 사라진 날, 그 현상이 길조인가 싶었더니 시인의 그림자가 되어 아예 떼려야 뗄 수 없는, 다시 말해 영원히 떠나지 못하는 굴레인 상처가 되어 버렸다는 비극적 시구. 그 앞에 필자의 자의식은 무기(無氣)에 처해 무릎을 꿇고 만다.

첫 번째가 아니고 두 번째라는 사실 앞에
절망하던 엄마는 서러움에 밤마다 화살을 만들었다
그리고 화살을 당겨 어린 내 가슴에 쏘았다
골목에는 어린 내가 토해 놓은 한숨이

붉은 꽃잎으로 바람에 흩어졌다
작은 오빠는 술병에 송곳을 장미꽃 인양 꽂고
피가 나올 때까지 찔러댔다
가난은 벽에 기대어 곰팡이 꽃을 피웠고
눈물이 처마 끝 고드름처럼 달리던 날에도
연인들 달콤한 속삭임처럼
중얼 거리던 희망은 미꾸라지같이 빠져나갔다
나는 악몽 속에서 살았고 악몽을 꾸고 깨어나면
허탈한 웃음이 달그락 거리며 빈 그릇에
어둠으로 잠길 때면 멀리서 아침이 밝아왔다
　　－「그 골목의 비밀」

　시집 제목이기도 한 「그 골목의 비밀」이란 작품은 읽을수록
참담한 늪의 감정에 빠지게 만든다. 대한민국 국민이면 누구
나 누릴 수 있다는 '인간 존엄'이 실현되지 않았던 시절. 여자
는 사고 파는 물건이거나 노예 신분에 지나지 않았다. 아마도
인간 존엄이라는 인식의 부재는 개인적 인격 수준의 차이라기
보다는 사회적, 세태적, 집단 무의식적 세뇌의 집적물이라 볼
수 있다. 세습에 의한 통념, 상속된 행동 양식, 그 커다란 물결
속에 휩싸이지 않고 잔다르크처럼 전사가 되기에는 어려운 일
이다. 그걸 보면 사회의 제도나 세습이 한 개인의 자유애의 의
지를 얼마나 무색하게 만드는지 통감할 수 있다. 뿌리 깊은 악
행의 상속이 부정에 부정을 낳고, 폭력에 폭력을 낳고, 고통에

고통을 낳으며 생명력을 이어간다. 가정 폭력과 폭언이 가난 보다도 더 무서워 영혼은 말살되고 가족 구성원 모두가 장애 아닌 장애인이 되어 암흑 속에 살아가는 경우를 초래한다. 전염병보다도 더 무서운 아버지의 권위와 폭력……. 약육강식의 분위기가 한 가족 안에서도 버려져 초식성의 연약한 아이들은 아버지 맹수의 포효에 사시나무 떨 듯이 떨며 웅크리고 살았어야 했으리라. 그 횡포 앞에 날마다 "술병에 송곳을 장미꽃인 양 꽂고" 피가 나올 때까지 찔러댔던 오빠도, 절망하여 밤마다 화살을 만드는 엄마도 그 화살을 맞고 한숨을 토해내던 딸도 모두가 부권의 희생양들이다. 더욱 참혹한 것은 희생양들은 왜, 어찌하여 본인들이 그 입장에 내몰리게 되었는지 그 근거와 원인을 찾아낼 길이 없었다는 것이다. 까마귀 날자 배 떨어진 격처럼 그럴 팔자이거나 업보인 것으로 어렴풋이 그려졌으리라.

일교차를 칭칭 감은 가을 햇살 따라서 롯데리아에 간다
나는 햄버거랑 커피를 시켰다
햄버거를 한입 베어 물었다
자본주의 그늘에서 눈물짓는 한사람이 생각났다
또 한입을 베어 물었더니 그 옛날 자본의
비정함을 외치던 마르크스가 생각났다
그는 자본 보다 소중한 가난한 연인들에

사랑의 힘을 믿고 싶었던 것일까

나는 커피 잔을 만지작거렸다

커피를 한 모금 마시자 유리창에 달라붙어 있던

가을햇살 부스러기가 커피 잔으로 떨어졌다

낙엽 같은 한 장의 지폐를 위해서 이 마트 계산대에서

숫자와 씨름을 하고 있는 그녀는 무슨 생각을 하고 있을까

투명한 가을햇살이 뭉개버린 자본주의 그늘 아래서

사랑의 진실함이 쌓여간다

햄버거 속에도 들어 있을

진실과 일회용 사랑이 아닌

사랑을 찾아서

롯데리아에 간다

*마르크스: 독일의 철학자. 사회학자

　　－「나는 롯데리아에 간다」

　직장에도 군대에도 학교에도 하물며 가정에도 상하 계급이 있다. 현재는 평등을 내세우는 민주주의 사회라고 함에도 계급의 그림자는 곳곳에 숨어 있다. 부계사회의 부권(父權)은 마르크스가 말한 노동자 계급처럼 여성은 남성들의 정당한 착취의 대상이거나 주종관계에 의한 노예로 전락하고 만다. 미국의 작가 나다니엘 호손이 1850년 발표한 소설 주홍글씨는

자유 연애를 갈망했지만 불륜이라는 사회적 편견으로 한 여자의 가슴에 'adultery' 간음을 뜻하는 글자의 첫 음 'A'를 주홍색으로 달아 주었던 것인데 여기서의 주홍글씨처럼 장애를 불구로 보는 사회, '재수 없는' 혐오의 대상으로 보는 사회에서 장애인이라는 낙인은 얼마나 무겁고도 처참한 형벌인가. 양자역학의 미시 세계와 우주과학이라는 거시 세계를 넘나들고 있는 이 첨단의 과학시대에 장애인에 대한 야만적 낡은 사고의 틀은 이제 벗어 던지고 새로운 관점에서 장애인의 현주소를 짚어 봐야 할 때가 아닌가. '장애인'의 '장애'는 그저 정상인에 비해 불편하다는 뜻에서의 '장애'인 것이지 정신과 신체의 결함을 극복하고 그로인해 삶의 불편을 못 느낀다면 그것은 너이상 장애라고 말할 수 없는 것이다. 그래서 장애인이란 장애시점과 그 이후의 삶을 분리해서 검토할 필요가 있다. 삶의 전과정 속에서 영원히 장애인으로 낙인찍히는 불합리한 사태가 발생해서는 안 된다고 보는 것이다. 시인은 '장애인'이라고 '재수 없는 여자'라고 낙인찍힌 뒤, 계속해서 자학하고 자신에게 눈총을 주며 살아가고 있다. 타인으로부터가 아닌 본인 자신을 타박하고 차별 받을 만한 핑계를 찾아내서 차별을 인정하는 심리, 이것은 신체적 장애가 정신적 장애로까지 심화된 불온이라고 말 할 수 있는 크나큰 병리적 현상이다. 장애인은 자본의 풍요를 누려서는 안 된다고 생각한다든지, 롯데리아에 가서 햄버거나 커피를 시켜 먹어서는 안 된다고 생각한다든지,

자유연애를 생각해서는 안 된다고 생각한다든지, 이런 호사는 정상인이 누리는 것이지 장애인은 '자격 없음'으로 치부하려는 '자기능멸'과도 같은 심리가 자신들을 두 번 죽이는 현실을 만들고 있다. 롯데리아, 햄버거, 커피, 사랑 이런 것들은 정녕 장애인들에게는 과분한 대상인가. 과대소비인 것인가? 시인은 당당한 걸음걸이가 아니라 조심스럽게 롯데리아에 간다. 가서 조심스럽게 햄버거와 커피를 시킨다. 사소한 일상의 작은 행복마저도 타인의 눈치를 봐야 하는 그녀, 무의식을 강타한 '낙인' 때문에 누구나 누릴 수 있다는 행복권마저도 반납한 그녀, 인간이라면 저마다 자기애(自己愛)가 있지 않은가? 그녀에게 저주처럼 닥친 '남성 폭력', '가난', '장애', '재수 없는 여자'라는 꼬리표는 그녀로 하여금 자기를 사랑하는 방법에 있어 미숙하게 만들었다. 롯데리아에 가서 햄버거와 커피를 시켜 먹는 그리 특별할 것도 없는 일이 그녀에게는 삶의 색다른 경험이 되어 이런 시를 쓰도록 만든 상황을 볼 때 너무 많은 것을 누리고 사는 필자로서는 가슴이 먹먹해 지는 일이 아닐 수 없다.

2. 에이블리즘(ableism)의 현주소

우리 사회의 음지에 있는 소주자의 인권을 논하는 일은 쉽지는 않은 일이다. 사람은 아니 사물도 마찬가지겠지만 그 정체가 확정되어 있는 바가 없기 때문에 그 존재를 놓고 성격이나 가치를 규정짓는 일은 참으로 난해한 일이다. '페미니즘'이라는 이념을 짚어 보더라도 그렇다. 페미니즘은 여성에 의한 여성만을 위한 정치학일까? 그렇지 않다. 여성으로 시작된 '소수'의 목소리를 사회 저변으로 부각시키는 '모두의 정치학'으로 확대 조명될 수 있다. '여성의 권한'이라는 명제 속에는 어머니의 권한, 아들의 권한에 대응되는 딸의 권한, 장애인 속에서도 여성 장애인으로서의 권한, 성 소수자로서의 권한, 여성 노동자로서의 권한 등등 사회의 비주류에 속하는 대상들의 이야기가 복합적으로 내재되어 있는 것이다. '페미니즘'이 '여성주의'를 표방하는 구호라면 여성이면서 장애인일 경우 어떤 말로 그들의 입장을 대변할 수 있을까? 장애인이라는 단어를 차용한다면 에이블리즘(신체장애인 차별, ableism) 정도가 될 것이다. 아직도 '정상여성권리'에 대해서 풀어야 할 숙제가 산재해 있기에 여성 장애인 권리까지 끌어내기가 쉽지만은 않은 실정이다. 그래도 모든 차별과 배재에 대항해 언제든지 호소할 수 있도록 대책을 마련해 두어야 한다고 본다. 그런 측면에서 박명근 시인의 시작품들은 시사 하는 바가 크다. 여성, 장애인, 장애인 직업, 성소수자의 입장을 모두 포함하고 있기에 그녀를 통해서 앞으로의 여성 정치학의 과제를 풀어나갈 실마리를 찾을 수 있기에 매우 고무적이라 할 수 있다.

아기를 잉태하지 못하는 내 몸 어딘가에는 조약돌이 살고
있다
　투명한 날이면 조약돌들은 서로 몸 비비며 피리 소리를 낸다
빌리리 빌리리
　그럴 때면 내 가슴에서는 얼음꽃이 피었다
　꽃잎은 한 잎 두 잎 부서져서 물이 되었다
　하나로 마트에서 시들어 가는 배추 잎사귀처럼
　삐걱대는 몸을 껴안고 울었다
　아우를 죽인 카인도 아닌데 밤마다 반성문을 썼다
　바람은 늘 반성문을 훑고 지나갔다
　어린 시절 감동을 주었던 백설공주는 없었다
　일곱 난장이도 왕자님도 없는 세상에서
　가위로도 오려지지 않는 슬픔을 가슴에
　강력 본드처럼 붙이고 아무리
　다운로드해도 희망은 실행되지 않았다
　희망은 기적을 만드는 요술램프
　이제 나는 어떤 희망을 찾아서 떠나야 하는 걸까
　　　　－「슬픈 고백」

그는 혹은 그녀는 희망과 절망을 오락가락 하는 여우비다
구겨진 종이처럼 꼬깃꼬깃 해진 나를
쓰레기통에 던져버리고 싶은 날
휠체어를 타면 약속처럼 하늘은 푸르렀다

내 안으로 들어온 하늘이 어두워진 나를

등불이 되어 밝힐 때면 불꽃이 되고 싶었다

불꽃이 되어 어두운 것들을 태우고 싶었다

휠체어 바퀴에 짓밟힌 꽃에도 향기가 있을까

무슨 꿈을 꾸면서 시들어 가고 있을까

휠체어는 내 그림자이자

이루지 못한 사랑이고 꿈

어릴 적 그토록 타보고 싶던 비행기이다

오늘도 희망을 찾아서 꿈을 찾아서

어딘 가에 꼭꼭 숨은 사랑을 찾아서 휠체어를 탄다

　　　－「휠체어」

　여성의 성이 하대 받고, 물건처럼 매매의 대상이 되고, 소유화 되고, 힘에 의한 착취의 그 무엇이 된다면 인간에게 '자유'와 '존엄'이라는 단어는 설 자리를 잃고 만다. 여성에게 성(sexual)은 무엇을 의미하는가? 존재감이자 정체성이 아니겠는가? 여성이 성적 기능을 못 할 때 그로인한 상실은 이루 말할 수 없이 클 것이다. 그래서 시인은 "아기를 잉태하지 못하는 내 몸 어딘가에는 조약돌이 살고 있다"고 고백하고 있다. 그럴 때면 시인의 "가슴에서는 얼음꽃이 피었다". 여기서의 얼음꽃은 꽃으로서의 기능을 상실한 다시 말해 여성으로서의 존재 가치가 박탈된 생존의 의미 부여를 할 수 없는 불행한 삶으로 읽혀진다. 장애인들이 모두 그런 심경을 드려내는 것은 아

110

니겠지만 오체불만족을 표출하는 장애인들은 적지 않다. 장애인들의 성이 건강한 성으로 비춰지지 않는 것에는 일반인들의 오해와 편견의 개입도 한몫을 한다. 대체 어쩌란 말이냐. 그녀들의 성이 그렇게 된 것이 그녀들의 고의적 잘못인가. 여성혐오를 넘어서 장애인들의 성은 증오와 범죄로까지 수위를 높여가기도 한다. 그래서 "아우를 죽인 카인도 아닌데 밤마다 반성문을 써"야 하는 비약적 자기 형벌을 가하기도 한다.

「휠체어」라는 시에서 휠체어가 대변하고 있는 장애인들의 현존을 짚어보자. '여성혐오(女性嫌惡, misogyny)'의 시대는 지나갔는가? 숭배와 멸시의 구조가 흑과 백의 구조처럼 명백하게 나뉘어져 있던 시절, 여성들은 남성들의 종속물에 지나지 않았다. 개나 소나 말이 인간사회에서 인간들의 종속물로 살아가듯 여자들도 차별과 무시의 대상이었다. 이건 한 개인의 사고방식에 의한 감정적 시선이 아니라 사회 구조적 모순 속에서 배양된 '집단시선'이었던 것이다. 페미니즘 운동과 여성인권운동의 구호가 거세게 일어난 뒤 지금은 어느 정도 차별과 멸시의 대상에서 벗어난 듯한 인상을 받고 있다. 그러나 '장애인 혐오'는 어떠한가. 그들이 일반 여성인보다도 소수이기 때문에 아직 그녀들의 삶에는 삼각지대가 있다. 휠체어를 탄 그녀는 모든 사회의 시선 앞에서 "희망과 절망을 오락가락하는 여우비다"가 된다. "나를/ 쓰레기통에 던져버리고 싶은 날" 자신에게 쏟아 붓는 이 참혹한 '자기혐오'의 시선은 이전에

111

사회로부터 받은 '장애인 혐오'의 시선을 느꼈던 경험해 의해 형성된 처절한 울분의 자기학대인 것으로 해석할 수밖에 없다. "휠체어 바퀴에 짓밟힌 꽃에도 향기가 있을까" 이 얼마나 처절한 통곡인가. 아니 짓밟힌 자의 역설적 항변인가? 그래도 그녀는 세상을 용서하고 자신을 용서하고 모순적 사회의 패러다임에 순응하려는 따뜻한 마음을 버리지 않고 있다. 인간의 순수의식 속에 숨어 있는 따뜻한 페이소스(pathos), 그녀는 짓밟히고 짓밟혀도 아직도 살아 숨 쉬는 생명이길 포기하지 않는다. "어딘 가에 꼭꼭 숨은 사랑을 찾아서 휠체어를 탄다". 고 말하고 있지 않은가? 소외와 차별의 박토에서도 살아 준다는 것, 살아 낸다는 것. 참으로 고마운 일이다.

간호원이 내 팔목에 꽃핀을 꽂고 갔다
꽃핀은 마지막 이별의 키스처럼 차갑고 아프다
몸속으로 목련꽃잎이 뚝뚝 떨어진다
누구일까 목련나무 뿌리가 되어 주는 이는
지하철 안에서 손잡이를 잡고 있던 핏줄 드러난
팔뚝을 가진 건장한 청년 이였을까 아니면 한 잎
코스모스 같은 긴 생머리 아가씨 였을까
음악처럼 선율이 되어 온몸 구석구석으로 스며든다
언젠가 거리에서 어깨를 부딪쳤을지도 모를
청년과 아가씨 숨결이 꽃물결로 일렁인다
청년과 아가씨의 고운 숨결이 불꽃으로

나를 타오르게 한다 내가 살아가야 할 날들에

성냥개비가 되어준다 꽃잎을 나누는 일은 누군가에게

따뜻한 손을 내미는 일이다 언손을 따뜻하게 녹여 주는 일

이다

　　　－「수혈을 받다」

　장애인들에 대해서 자립하지 못하는 열등한 존재로 인식하는 사람들에 의해 장애인 혐오 범죄가 일어날 가능성이 높다고 한다. 특히나 여성 장애인들은 성범죄의 대상이 되기도 한다. 이 얼마나 조악한 사태인가? 21세기를 살아가는 인간의 의식차원이 고작 이 정도 수준에 머물러야 하는가? 장애인은 아무런 기여 없이 나라로부터 공짜 혜택을 받고 산다는 증오성 사유 때문에 소수 장애인들은 테러와 린치의 대상이 되기도 한다. 면밀히 따져보면 장애인들만이 외부 의존의 힘만으로 생계를 유지하는 것은 아니다. 사회의 여러 계층, 여러 분야에서 기본생존권을 보장받는 수급자는 적지 않다. 지하철 장애인 지정좌석 논란, 공공장소 장애인 지정화장실 논란, 장애인 수당 논란, 장애인 할인혜택 등 많은 논란들이 일반인들의 강제적 희생과 맞물려 간극을 좁히지 못하고 계속적인 불신을 이어가고 있다. 이런 갈등을 해소하기 위해서 모든 교육기관과 언론 매체들은 장애인에 대하여 가지고 있는 오해와 편견을 제거하는데 앞장서야 한다. 시인은 기다리고 있다. "누구일

까 목련나무 뿌리가 되어 주는 이"를 장애인들이 자립할 수 있도록 여러 계층에서 지혜를 모아야 할 때다. 그녀가 "살아가야 할 날들에/ 성냥개비가 되어" 줄 사람들, 사랑과 관심의 "꽃잎을 나누는 일은 누군가에게/ 따뜻한 손을 내미는 일". "언손을 따뜻하게 녹여 주는 일"이 아닌가. 위의 시 「수혈」에서처럼 정상인과 장애인이 서로가 "음악과 선율이 되어 온몸 구석구석으로 스며"들 때까지 한 운명의 유기적 결속체로 숨을 나누워야 한다.

3. 역전의 희망전술

2007년 이명박 대통령 후보캠프에서 서울시장 시절 그가 장애인일 경우 낙태할 수도 있지 않느냐고 발언해 장애인인권 활동가들이 이에 사과를 요구(하라고) 했던 기사를 읽은 기억이 있다. 장애인들이 정녕 생산은 없는 비생산의 존재이며 그들의 역할은 무(無)인가? 이 점은 존재의 가치를 어떤 관점에 놓고 해석하느냐의 문제와 연결된다, 장애를 가치 없는 것으로 여기는 이들이 있는가. 장애인의 삶이 인류에 어떤 의미를 가져오는지 관심을 두지 않는 사회의 문제점을 알고 있는가. 장애 그 자체가 반사회성의 성격을 띠는가. 장애는 불능이 아니다. 존재하는 모든 생명은 나름의 영향과 가능성을 내포하고 있다. 줄기세포 연구의 성과로 난치병을 고치고, 누운 자를 일으켜 걷게 하는 시대에 장애는 영원한 장애가 아닌 것이다. 장애인들이 경제적으로 자립성이 없는 이유는 신체적 결함에만 국한 된 것이 아니다. 장애인들이 자기 재능을 찾아내고 능력을 최대한 계발할 수 있도록 각종 보조기구, 재활교육, 직업훈련, 직업알선, 다양한 상담서비스를 받아야 한다고 본다. 투자가 없는 생산이 있겠는가? 내 자식이 자립할 수 있도록 물신 양면으로 부모가 돕듯, 장애인들이 사회활동을 할 수 있도록 응당 지원을 해야 한다고 본다. 자립과 사회 기여도 측면에서 볼 때 박명근 시인은 사회적 역할을 충분히 하고 있다고 여겨진다. 느리고 체력의 한계가 있지만 그녀는 시(詩)라는 매개체를 선택해 느림과 신체적 한계를 넘어서 모두에게 희망을 안기는 메신저 역할을 톡톡히 하고 있다.

어린 시절 오빠한테 꿀밤을 맞아가며 외우던 구구단에도
정답은 있었고 골치 아픈 수학 문제에도 정답은 있었다
하지만 나는 답이 없는 방정식을 풀지 못해서 서럽게 절망
했다
가난과 눈물이 뒤섞여진 골목길은 아득한 추억이 되었고
불러도 대답 없는 이름들을 사랑 했으므로 빈집처럼 공허
했다
되풀이 할 수 없는 날들이 모인 인생의 강(江) 중간에서
돌아보면 사랑한 것도 몹시도 미워했던 것들도

손가락을 빠져 나가는 물처럼 허무했다
새해에 본 토정비결에 7월인가 8월에 귀인(貴人)을
만난다고 했는데 이제 만나서 정답을 듣고 싶다
오늘도 정답 없는 하루를 살고 내일은 정답을 찾아야 한다
모레쯤 이면 그동안 알 수 없었던 정답을 알 수 있을 것이다
　　－「정답은 없다」

　위 시에서 시인은 정답을 찾아 나서지만 사실은 본인 스스
로는 이미 세상에는 또는 삶에는 정답이 없다는 것을 파악하
고 있다. 그녀는 무지하지 않다. 또한 나약하지도 않다. 그녀는
"불러도 대답 없는 이름들을 사랑 했으므로 빈집처럼 공허 했
다"라고 말함으로써 공허 했던 이유를 이미 알고 있었던 것이
다. "불러도 대답 없는 이름들은" 당신과 나다. 이 시를 읽은
독자들이며 장애인을 바라보는 정상인들이며 불특정 다수도
여기에 포함된다. 이웃의 외면과 회피…… 사회적 고립…… 그
긴 시간 시인은 "답이 없는 방정식"을 풀어 왔다. 장애여성으
로 살아가는 그녀의 질문은 우리의 질문이며 그녀가 찾는 정
답은 우리가 찾는 정답이 될 것이다. 우리는 모두가 공업(共
業) 속에서 살아간다. 누구도 어떤 사건이나 사태에 있어 가담
되지 않을 수 없다. 지구의 공기를 마시는 인류 생명체라면 모
두 한통속이다. 사회적으로 불온한 일도 또는 축복의 일도 공
업에 의해서 일어나고 공업에 의해서 소멸한다. 그것이 자연

법이다. "오늘도 정답 없는 하루를 살고 내일은 정답을 찾아야
한다"라고 말을 하지만 그녀는 안다. 내일이 되어도 정답은 없
다는 것을……

> 내 곁에 머무르면 마른잎처럼 건조해 지거나
> 시든 꽃처럼 초라해 진다면서 화려한 장미를 찾아 떠났다
> 미움이 있어야 사랑은 더욱 탄탄해 지는 거라는
> 착각이 이별 노래였음을 몰라서 나 혼자 행복에 겨운 날
> 하늘이 나를 위해 맑고 푸른 물을 뚝뚝 떨구고 뿌옇게
> 흐려진 것을 닦지 못한 안경엔 짙은 안개가 껴 있었는데
> 닦으면 닦을수록 짙어지는 안개에 갇혀서 상처가 덧나는
> 밤이 오면 나는 나를 노크하는 문이 된다
>
> "똑…… 똑……"
> "누구세요?"
>
> 당신 상처에 새살을 돋게 하는 새벽입니다
> ─「착각한 뒤에 오는 것들 2」
>
> 봄을 앓는다
> 겨울 내내 사랑한 네가 봄 속에서
> 어두워진 나의 깊은 슬픔이 되듯
> 꽁꽁 언 겨울 그리움 녹여서 봄을 앓는다

목련나무에 피가 돌듯이
대지는 기지개를 켜고
겨울바람보다 차디찬 외로움을
인내 했을 그녀를 위해서
개나리 노란 꽃잎 속으로 병아리는 숨었다
봄을 앓는다
헛된 그리움이 뭉개진 자리에서
그날의 약속들이 피어오르듯
　　　ー「봄앓이」

　시 「착각한 뒤에 오는 것들 2」는 읽을수록 감동을 주는 시다. 아픔과 상처 속에서도 순수를 잃지 않고 이런 긍정의 시를 쓸 수 있다는 것은 선천적 선한 심성을 소유한 그녀만의 특질이다. 필자는 오래 전부터 그녀를 봐 왔다. 좌절과 절망이 있으련만 정상인 못지않게 자기 극복을 거듭 해오며 녹녹치 않는 삶에 '희망'과 '긍정의 물주기'를 게을리 하지 않는 걸 보았다. 시들지 않게 스스로 보살핀 자기연민의 힘은 주변의 따가운 시선을 딛고 장애여성도 인간답게 살 수 있다는 희망을 놓지 않게 했다. 자기를 사랑하지 않는 자는 곧 지쳐 쓰러지고 말 것이다. 쓰러져 다시는 일어나지 못해 불행으로 마지막을 장식 하리라. "닦으면 닦을수록 짙어지는 안개에 갇혀서 상처가 덧나는/ 밤이 오면 나는 나를 노크하는 문이 된다" 생의 마지막을 불행의 얼룩으로 장식하지 않기 위해 시인은 자신의 몸

118

을 살핀다. 자신의 마음을 살핀다. 자신의 몸과 마음이 "시든 꽃처럼 초라해 진다면서 화려한 장미를 찾아 떠"날 줄 아는 삶의 기술을 터득한 그녀. "상처에 새살을 돋게 하는 새벽"을 오게 할 수 있는 마술적 기법을 익힌 그녀, 쉼 없이 자신을 "똑똑 노크"하는 일. 바로 이 일이야 말로 자기 자신의 정화와 치유를 돕는 시인다운 순결한 행위가 아닌가. 장애여성의 존재감 향상과 가치의 재정립을 시도하는 '에이블리스트'로서의 자세임을 그녀의 시를 통해 다시 확인한다.

시 「봄앓이」에서 보여 주듯이 "꽁꽁 언 겨울 그리움 녹여서 봄을 앓는다/ 목련나무에 피가 돌듯이", "겨울바람보다 차디찬 외로움을/ 인내 했을 그녀를 위해서" 우리는 칭찬을 아끼지 말아야 할 것이다. 그녀의 시는 장애인 인권과 행복추구권에 대한 근원적인 성찰과 대안을 고민하도록 독려한다.

불평등한 인권과 자유문제 뿐만이 아니라 흑인여성, 아시아여성, 다문화가정여성 등과 같은 소수 집단 여성문제의 해결방안 모색에 박차를 가할 수 있는 장애인 페미니즘의 신화가 다시 쓰여 져야 한다고 본다. 장애여성 현실체험의 독자적 목소리가 담긴 페미니즘의 필요성이 절실한 요즘, 박명근 시인의 이번 시집이 그 역할의 선봉에 설 수 있으리라는 기대를 해 본다. 다양한 소외계층이 사회의 일원으로써 충분히 기여할 수 있다는 면을 보여 주었다는 점에서 오늘 우리는 그녀의 노고에 진심을 담아 갈채를 보내야 하리라.

그 골목의 비밀
산맥 시인선 009

초판 1쇄 인쇄 | 2016년 9월 30일
초판 1쇄 발행 | 2016년 10월 10일
지은이 | 박명근
펴낸이 | 이경옥
펴낸곳 | 산맥
등록번호 | 제 31호
등록일자 | 2003년 7월 16일
주소 | 경기도 김포시 금파로 185-1
전화 | 010-3629-9797
전자우편 | giwalee@hanmail.net

ISBN 978-89-92497-18-3(03810)

값 8,000원